KB212497

육탁

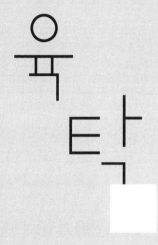

시인수첩 시인선 054

배한봉 시집

여우난골

『육탁』이라는 시집을 마음에 둔 것은 벌써 15년도 더 전의 일이다. '당신'의 얼굴이 곧 '나'의 얼굴이라는 것을 확인한 순간들이 이 시집의 목록이다. 아무것도 아닌 것들 때문에 별은 어제보다 조금 더 창가에 머물렀다 간다.

꽤 먼 길이다.

한 그릇의 국수를 내놓는다.

2022년 새해 아침, 창원에서
배한봉

2부 | 육탁

3부 | 정거장 없는 기차

4부 | 노인장대꽃

1부

아침

아침

흐르는 물은 쉬지 않는다.

이제 막 바다에 닿는 강을 위해
먹빛 어둠 뒤에서
지구가 해를 밀어 올리고 있다.

너의 앙다문 입술과 너의
발등에서 태어나는 시간과 사랑과 눈물이
가 닿는 세계도 그러할 것이다.

오늘 하루치의 바람 잊지 않으려고
나뭇잎들이 음표를 던진다. 새가 하늘을 찢는다.

새카맣게 젖은 눈빛 꺾이던 골목에도
쿠렁쿠렁, 힘찬 강 열리고
푸른 햇발 일어서는 소리 들린다.

흐르는 물은 반드시 바다에 가 닿는다.

포장마차 국숫집 주인의 셈법

바람 몹시 찬 밤에
포장마차 국숫집에
허름한 차림의 남자가
예닐곱쯤 되는 딸의 손을 잡고 들어왔다.

늙수그레한 주인이 한 그릇 국수를 내왔는데
넘칠 듯 수북하다.

아이가 배불리 먹고 젓가락을 놓자 남자는
허겁지겁 남은 면발과 주인이 덤으로 얹어준 국수까지
국물도 남김없이 시원하게 먹는다.

기왕 선심 쓸 일이면
두 그릇을 내놓지 왜 한 그릇이냐 묻자 주인은,
그게 그거라 할 수 있지만 그러면
그 사람이 한 그릇 값 내고 한 그릇은
얻어먹는 것이 되니 그럴 수야 없지 않느냐 한다.

집으로 돌아오며 그 포장마차 주인의 셈법이 좋아
나는 한참이나 푸른 달을 보며 웃는다.
바람은 몹시 차지만 하나도 춥지 않다.

알바 버스

새벽에 한 청년이 뛰어와 버스를 탄다.
밤을 새며 아르바이트하고 호출한 콜 버스,
고단이 녹아내리는 시간 싣고 달린다.
돈 많은 부모 둔 것, 그것도 능력이라는
풍문 따윈 신경 안 써. 졸음을 툭툭 털며
또다시 내일 향하는 희망 실은 청춘 버스.

늙은 구두 수선공의 기술

닳은 구두 뒤축을 갈기 위해
구둣방에 갔는데, 늙은 수선공이
뒤축 대신 사과나무를 심어놓았다.
걸음 걸을 때마다
사과꽃 피는 소리가 흘러나왔다.

비음산 옆구리의 골짜기가 고향이라던 늙은 수선공은
4월이 되면 늑골 깊은 곳에서 사과꽃이 핀다고 했다.
그러니까 늑골 깊은 곳은, 이제
돌아갈 수도 없는 옛집 마당.
늙은 수선공은, 이 도시 거리를
천진한 웃음이 사과꽃 향기로 퍼지는 마당으로 만들
려는 것이 분명하다.
그렇지 않다면, 뒤축 대신 사과나무를
구두에 심어놓는 불가해한 기술을 보여줄 리 없다.

그런데 내가 거리를 걷는 동안
아무도 사과꽃 피는 소리를 듣지 못했다,

만개한 사과꽃 향기를 느끼지도 못했다,
시내를 뒤덮고 있는 벚꽃과 분명 다른 향기였는데도.
얼른 집에 돌아와 보여주었지만, 아내도
구두에 뒤축 대신 사과나무가 심겨 있다는 것을 믿지
않았다.
우리는 모두, 늙은 수선공의 불가해한 기술보다
더 감쪽같은 이 도시의 변화에 사로잡힌 사람들이다.

그러나 나는 기억한다,
내 구두에 사과나무를 심던
늙은 수선공의 이마에서 촉촉하게 굴러 내리던
나뭇잎 위의 이슬 같던 그 맑은 땀방울을.
그는, 사라졌지만 사라지지 않는
가슴속의 성전을 수선했던 것이다.

기억의 꼬리를 잡고
돌담집과 뒷골목과 대밭을 순식간에 돌아 나오는 늙
은 수선공을

천 개의 눈을 켜고 바라보던 사과나무,
지금도 걸음 걸을 때마다 내 구두에서는
왈칵, 왈칵 피는 사과꽃 소리 들린다.

새는 언제나 맨발이다

주남저수지 얼음장 위에 서 있는 저 가창오리 떼 모두 맨발이다.

발 동동거리지 않고 비명도 내지르지 않는 걸 보면

저 맨발은 필시 우리가 양말을 신고 구두를 껴 신은 것보다 더 강한 무엇으로 이루어졌겠다.

저수지보다 깊은 어둠이 가라앉고

바람이 날 시퍼런 칼 한 무더기 던져주는 저녁,

탐조객들 다 돌아간 둑길 벤치에 앉은 사내도 맨발이다.

어깨 구부정한 남루 신고 다닌 저 맨발, 옹이 같은 굳은살이 양말이고 구두였겠다.

사내의 침묵이 바람보다 더 큰 소리로 둑길의 마른 갈대 허리를 꺾는 모양이다.

창백한 달 아래 어둠이, 깜깜 질리다 못해 이제는 숫제 새파랗다. 꽁꽁 언 맨발의 깊이 같다.

저 깊이를 어떤 빛으로도 들여다볼 수 없는 일,

저 크기를 무슨 말로도 밝혀낼 수 없는 일.

　저수지 갈대섬으로 새 떼가 다 몰려간 뒤에도 한 마리
남아 얼음장 서성이는 까닭 알 수 없듯
　참 무겁고 힘든 저 맨발,
　꽁꽁 언 세상 바닥을 양말로 구두로 껴 신은 저 강철
보행의 맨발.

발 없는 남자의 구두

구두를 사려고 마트에 갔다.

정든 나의 구두,

몇 차례 굽과 밑창을 갈았던 구두가 이제 더는 버티지 못하겠다고 너덜너덜 삭아 내린다.

어떤 것이 좋을까, 이것저것 신어보며 진열대를 한 바퀴 살펴보는데, 누가

나를 빤히 보고 있다.

눈이 마주치자 황급히 얼굴을 돌리는 그 남자,

발이 없다.

무엇에 놀란 듯 화들짝, 휠체어를 돌리는 남자의 등이 막막하다. 그가

미처 거둬가지 못한 눈빛이 한참이나 남아 서성대는 구두 진열대 앞에서 나는, 깊은 허방에 빠진다.

깜깜하다.

발 없는 사내,

그가 물끄러미 바라보다 흘린 마음 참 오래 깜깜해서 나는

낡은 구두가 지켜온 내 발 덥석 두 손으로 감싸본다.

울컥, 가슴 북받치는 발 고린내!

내가 사려 했던 구두는 발 없는 남자를 따라갔다.

나는 이제 구두를 탓하지 않게 됐다.

북극성

창문 틈을 파고드는
드센 바람 소리.

상처에 소금을 뿌리며 어둠 속으로 빨려 들어가는 말
처럼

누군가의 푸르름을 죽이고 돌아온 낙뢰처럼

우리 생활의 절벽에
숨구멍처럼 만들어진 창문 안으로
중력조차 무시하고 파고드는
비수의 시퍼런 광기.

호시탐탐 칠흑의 창밖에서 우리를 겁박하는
현실의 시커먼 광기.

그런 하루하루, 간도 쓸개도 다 녹아내리고 없는 밤,
어떻든 살아야 한다고

시리고 캄캄한 우리가 잠드는 방을,
뜨거운 심장만이 재산인 우리의 가난한 방을
가만히, 오래, 쳐다보고 있는

또렷한 저 북극성.

덜컹거리는 얼굴

머리 없는 사람이 있다.
머리도 없이
경주 남산에, 가부좌로, 천년을 살아온 사람이 있다.

골짜기 오르는 사람들을 담담히 바라보는
풍화된 몸만 가진 사람이 있다.

몇 번이나 목 잘리고도
얼굴이 있어서 얼굴이 있어서 사진을 찍고
다시 이력서에 사진을 붙이고
그 이력서 품에 안고 아직도 잘릴 목 남았는지
머리 없는 목 위에
가만히 얼굴 얹어 확인해보는
사람 닮은 돌사람,

　얼굴 없어서 얼굴 없어서 표정 보이지 않아도 되는 돌
사람,
　머리 없는 몸속에서 부처를 꺼낸

돌사람을 뒤에 두고
그 돌사람을 뒤에 두고

파리한 얼굴 덜컹거리며 남산 골짜기 오르는 한낮.

목 위에 붙어 아직도 덜컹거리는 파리한 얼굴의 한낮.

나는 벗긴다

퇴직하고 시골로 간 친구가
한 보따리 농산물 놓고 갔다.
뭔가 벗기는 일은
가을 저녁의 별미 같은 것.
티브를 보는 대신
늙은 호박 껍질을 벗기고
고구마 줄기 껍질을 벗기고
도라지 껍질까지 벗긴 뒤
비닐봉지 뒤적거려 머윗대를 꺼낸다.
손가락 까매지도록
가을 저녁을 벗긴다.
생활의 껍질을 벗긴다.
나를 벗긴다.
난장판 거실 어느 구석에서
시골 친구가 흘리고 간
풀벌레, 울다 그쳤다 다시 운다.

각인

이름부터 아는 것이 사랑인 줄 알았다.
길앞잡이, 각시붕어, 닭의장풀꽃
사는 법 알면 사랑하게 되는 줄 알았다.
아이는 한 송이 풀꽃을 보고
갈 길 잊고 앉아 예쁘네, 너무 예뻐, 연발한다.
이름 몰라도 가슴은 사랑으로 가득 차
어루만지지도 못하고 눈빛만 빛내고 있다.
사랑은 아는 것보다 느끼는 것임을
내게 가르쳐 주고 있다.
헛것만 가득한 내게 봄을 열어주고 있다.
깨닫느니, 느낌도 없이 이름부터 외우는 것은
아니다, 사랑 아니다.
생각보다 먼저 마음이 가 닿는 사랑,
놀람과 신비와 경이가 나를 막막하게 하는 사랑,
아름다움에 빠져 온몸 아프고
너를 향해 달려가지 않으면 안 되는 그때
사랑은 웅숭깊어지는 것이다.
이름도 사랑 속에 또렷이 새겨지는 것이다.

4월

어머니가 물려준
놋그릇, 어머니가 물려준 방짜 놋그릇 한 벌에
밥과 국을 담아 먹는다.
묵직한 놋그릇 온기가
밥 다 먹었는데도 남아 있다.
놀다가 밥때 넘기고 시커멓게 집에 와
아랫목 이불 속에 묻어둔 밥을 꺼내 먹으면
참 맛있었다.
그때 그 밥그릇, 언 손도 다 녹여주던 온기
아직까지 그대로 남아 있다.
위암 수술 받고
퇴원한 어머니가 세간을 하나씩 정리하다
내게 물려준 방짜 놋그릇
두 손으로 붙잡고 가만히, 한참, 들여다보면
열여덟 살 시집올 때 타고 온
꽃가마가 보인다. 꽃가마 지붕을 덮던
복사꽃잎이 수북수북 하늘 물들이는 것 보인다. 살다가
오뉴월에도 마음에 서리 내려 세상이 으스스할 때

뜨신 밥 먹고 힘내라는

그 말씀 아무리 비워도 없어지지 않는다.

대답이 없다

아버지, 하고 불렀다.
대답이 없다.
대문 여는 소리만 듣고도
왔느냐, 하시더니
마당에 서서 몇 번 불러도
방문 열리지 않는다.

나는 아직 이 적막을 믿지 못한다.
방문을 열자 사방에서 밀려나오는
아버지 냄새.
어둑한 시간을 껴입은 적막이
부재의 깊이를 보여줄 뿐,
간소한 세간살이와 몇 벌의 외출복
금방이라도 어디선가 불쑥 손을 내밀 것 같은 아버지,
가는귀 어두워 들리지 않는 것일까.
대답이 없다.

실은 아버지도 큰 소리로 답하고 싶을 것이다.

대답은 존재 증명의 방법.
부르고 대답 듣는 것이
얼마나 기쁘고 행복한 일인가를
이제 알았냐고, 부재의 깊이를 껴입은 적막이
내 귀에 대고 소곤거린다.

아버지, 하고 불렀다.
오냐, 아버지 냄새를 껴입은 침묵이
환청처럼 사각의 방 모양으로 가만히 앉아 있는 빈집.
옷장에서, 낡은 장식장 서랍에서, 등긁개에서
아버지 손때가 반딧불처럼 반짝거리는 빈집.
그러나 나는 아직
이 적막을 믿지 못한다.
달빛은 누렇게 변색된 아버지 일기장을 읽고,

나는 딱 한 번만 더 듣고 싶다, 그 대답을.

무꽃

무꽃이 흔들리고 있다.

물살이 한 물살을 밀고, 또 한 물살이 한 물살을 밀어 강물이 나아가듯 흰 나비가 흔들림의 결을 만들고 있다.

묵은 땅에 일군 자그마한 무밭의 아침,

버드나무 몇 그루가 흰 나비 날개 끝에서 번지는 공중의 떨림을 조용조용 보고 있다. 나도 한참 보고 있다.

바람 불지 않는데 흔들리는 것,
마음이 떨리는 것,
성스러운 시간이 움직이는 것,
나의 외진 마음이 한 물살을 밀고, 그 물살이 또 한 물살을 밀어 너에게 가 닿는 것.

그렇게 너와 나는 연결돼 있다. 하나가 돼 있다.
넓고 아득한 하늘 외진 곳에서 태어난 빛이 무꽃에 와 닿듯,

무꽃 옆에서 흰 나비가, 넓고 아득한 공중의 외진 데
까지 무꽃의 흰빛을 밀어 밀어서 가 닿게 하듯,

푸른 것들의 조그마한 항구

옥상에 상자 텃밭을 만들었다.
밑거름을 넣고
상추며 들깨 모종을 사다 심었다.
일주일에 두세 번 물을 준 것뿐인데 어느새
잎이 손바닥만 해졌다.

한 잎씩 채소를 거둬들이는데
푸릇푸릇 콧노래가 실실 새 나왔다.
부자가 이런 것이라면,
삿된 생각 한 점 들지 않고
그저 옥상에 동동 떠다니는 실없는 웃음을
데려와 웃거름으로 얹어주는 것이
행복이라는 재산을 불리는 일이라면
나는 엉뚱한 곳을
오래 기웃거린 것이다.

아하, 웃음이라는 배의 조그마한 항구
금은보화 싣고 출렁이는

볼록한 종이가방에서
푸른빛 환하게 흘러나오는 시간과
싱긋싱긋 계단을 걸어 내려오면
내 이마에 걸리는 초여름 건들바람이
수확한 상추, 깻잎 쌈밥만큼 달달했다.

냉이무침

나시 무쳐뒀다, 일어나거라.
잠시 낮잠에 들었는데 어머니 오셨다.
냉이된장무침 향이 입속 가득 스며들고
어머니 목소리가 귓속 가득 담긴 주말 점심.
고향 밭은 묵어 숲이 되었지만
거기 아직도 나시나 씬냉이 잘 자라고 있다.
싸래기 같은 나시꽃도 피우고
구리 동전 같은 씬냉이꽃도 피우며 잘 자라고 있다.
이제 냉이 흙 맛 아는 나이 되어서
이제 씀바귀 쓴맛 아는 나이 되어서
눈시울 뜨거워지면 지그시 눌러 다스릴 줄도 알아서
코끝 찡해지면 코감기 핑계 대며 큼큼거릴 줄도 알아서
냉이된장무침 들고 오신 어머니를
나는 다시 고이 심어드리지.
널찍한 상자로 만든 베란다 텃밭에
심어놓은 어머니, 냉이 새싹의 파란 웃음 쑥쑥 자라는 것을
나는 보고 있다, 이 향긋한 봄날.

2부

육탁

달리는 사람

고속도로를 달린다,

앞만 보고 달린다, 산과 들, 강과 구름

햇빛과 바람, 보지 않고 느끼지 않고 달린다,

앞차를 추월하고 죽음과 경쟁하며

달린다, 뒤처지지 않기 위해

길을 삼키며 오로지 달린다,

풍경은 패배주의자가 먹는 마약 같은 것,

여유와 휴식은 낙오자의 주정 같은 것,

생각하는 영혼을 꿈꾸어서는 안 된다,

설마하고 속도를 줄였다가 경제가 전복된 사람도 있다,

살기 위해 달리기 시작했으나 이제는 멈추지 못해 달린

다,

얼굴이 없어지고 영혼이 사라지고

마침내 시커먼 길이 되어 달린다,

목적지를 향해 모든 과정을 생략하고 달린다,

삶을 바퀴에 바치고

속도가 된 총알택시 기사가 달린다,

나를 실은 고속도로가 되어 달린다.

비 맞는 무화과나무

물 젖어 풀린 화장지처럼 무화과
과육이 흘러내렸다, 나무 아래 서성이는
내 어깨에 머리에 무화과 맨살이
취객의 오물처럼 엉겨 붙었다.

열매란 둥글고 단단하게 자라서
익는 것이라 여긴 내게
비 맞는 무화과, 이런 삶도 있다고
꽃 시절도 없이 살았던
뚝뚝, 제 안에 고인 슬픔을
빗물로 퍼내는 것 같다,
웅덩이 같은 몸을 가진 무화과.

누구나 웅덩이 하나씩은
가지고 살지, 상처를 우려내
가뭄 든 마음을 적시기도 하지,
그러나 너무 오래 고여 있으면
안 되는 웅덩이,

퍼내지 못하면 결국
출렁이지도 못하고 뭉크러지는
영혼의 폐허가 되고 말지.

취객 같은 무화과나무 아래
내 가슴속의 무화과 어디 갔나, 나는
폐허처럼 서서 한참이나 비를 맞는다.

울컥, 돼지 껍데기

돼지 껍데기를 안주로 술 마시다 문득
목젖 가득 울컥,
울컥

껍질 없었다면 당신 내부가 온전했겠어,
온갖 먼지, 온갖 상처
전부 받아들여 삭인 껍질

몸의 모든 실핏줄을 타고 터질 듯 팽팽하게 흐르는 내
면의 고통 다스리느라 쭈글쭈글 주름살이 된 껍질

실속도 그걸 감싸는 껍질 튼실해야
알찬 실속 되는 거라고 노릇노릇 구워지는 돼지 껍데기

삶이 아픈 것도 껍질이 부실하기 때문이라고
탁탁 튀김처럼 구워지는 돼지 껍데기

명치끝 돌덩어리가 내장을 뚫고 솟구쳐

목청을 칠 때
후략처럼 본문을 다 잘라먹는 울컥,

육탁

새벽 어판장 어선에서 막 쏟아낸 고기들이 파닥파닥
바닥을 치고 있다.

육탁(肉鐸) 같다.

더 이상 칠 것 없어도 결코 치고 싶지 않은 생의 바닥

생애에서 제일 센 힘은 바닥을 칠 때 나온다.

나도 한때 바닥을 친 뒤 바닥보다 더 깊고 어둔 바닥
을 만난 적이 있다.

육탁을 치는 힘으로 살지 못했다는 것을 바닥 치면서
알았다.

도다리 광어 우럭들도 바다가 다 제 세상이었던 때 있
었을 것이다.

내가 무덤 속 같은 검은 비닐봉지의 입을 열자

고기 눈 속으로 어판장 알전구 빛이 심해처럼 캄캄하
게 스며들었다.

아직도 바다 냄새 싱싱한,

공포 앞에서도 아니 죽어서도 닫을 수 없는 작고 둥근
창문

늘 열려 있어서 눈물 고일 시간도 없었으리라.

고이지 못한 그 시간들이 염분을 풀어 바닷물을 저토
록 짜게 만들었으리라.

  누군가를 오래 기다린 사람의 집 창문도 저렇게 늘 열
려서 불빛을 흘릴 것이다.

  지하도에서 역 대합실에서 칠 바닥도 없이 하얗게 소
금에 절이는 악몽을 꾸다 잠 깬

  그의 작고 둥근 창문도 소금보다 눈부신 그 불빛 그리
워할 것이다.

  집에 도착하면 캄캄한 방문을 열고

  나보다 손에 들린 검은 비닐봉지부터 마중할 새끼들
같은, 새끼들 눈빛 같은,

염소

염소가 말뚝에 묶여
뱅뱅 돌고 있다. 풀도 먹지 않고 뱅뱅 돌기만 하는 염
소가

울고 있다.

우는 염소를 바람이 톡톡 쳐본다. 우는 염소를 햇볕이
톡톡 쳐본다. 새까맣게 우는 염소를 내가 톡톡 다독여
본다.

염소 주인은 외양간 서까래에 목매달고 죽은 사람.

조문을 하고 국밥을 말아먹고 소피를 보고,
우는 염소 앞에서 나는 돌 한 개를 주워 말뚝에 던져
본다.

말뚝은 놀라지도 않고 아파하지도 않고 꼼짝하지도 않
으면서 염소 목줄을 후려 당긴다.

자기 생의 말뚝을, 하도 화가 나서 앞도 뒤도 없이 원심력도 같이 뜯어 먹어버린 염소 주인.

뿔로 공중을 들이박을 줄도 모르고
세상 쪽으로 힘껏, 터질 때까지 팽팽히, 목줄 당겨볼 줄도 모르던 주인처럼 뱅뱅 제자리 돌기만 하는 염소가
울고 있다. 환한 공중에 동글동글 새까만 울음을 누고 있다.

딱따구리

산에서 딱따구리가 늙은 상수리나무 쪼는 것을 본 적
있다.

나무 몸통이 목탁 같았다.

부리 닳아 없어질지라도 목탁 구멍 속 침묵을 쪼아 먹
이를 구하는 딱따구리

딱따구리는 산에도 있고 은행에도 있고 공장에도 있다.

시든 야채를 팔고 귀가하는 노점 딱따구리의 어깨 위에

시장에서의 한판 입씨름이 남긴 노곤한 노을이 얹혀
저녁을 열고 있었다.

대문을 열면 식구들은 딱딱한 나무 구멍을 파느라 닳
은 부리를 위해 식탁을 준비하겠지.

된장국 냄새 속으로 이슥해진 밤이 몇 개 별을 떨구어
주리라.

도란도란 새끼들의 눈망울이 사자자리 물병자리 천체
도를 그리면

낮은 천장의 백열전구도 북극성같이 초롱초롱 시간을
밝히리라.

세상의 모든 딱따구리가 잠든 밤

하늘은 칠흑의 어둠으로 별을 닦아 새벽을 기다릴 것
이다.

기다릴 내일이 있다는 것은 희망이 있다는 것

딱다다다 딱다다다 꿈속에서도 희망이라는 목탁을 쪼
는 딱따구리

한없이 땅속으로 꺼지는 잠 속의 육체를 푸른 공기로
감쌀 새벽을 마중할 것이다.

이 저녁이 예불 시간 같다.

풍경(風磬) 대신 땀 냄새 후끈한 발걸음 소리.

절 대신 단청빛 노을 물든 산동네 된장국 끓는 양철
지붕 집.

자본주의의 밤

저 불빛 나무에 대해 이야기해 보게.

정원사가 가지를 잘라 삼각형으로 만든
아름다운 밤의 나무.
9십9만 개 빨갛고 노란 장식용 전구가 깜박이는 나무.

자, 이야기해 보게. 이 축복의 밤에
창문용 방풍 비닐을 사러 온 자네.
미납된 건강보험료와 바닥난 보일러 기름 걱정 잠시 내
려놓고

저 화려한 전야에 대해 이야기해 보게.

술집과 나이트클럽이 미어터지는
축제의 밤.
온몸을 내던져 가르쳐준 사랑 대신
사치와 향락이 넘치는 거리, 상업주의만 빛나는 은총
의 밤.

자네 삶에도

오색 별과 딸랑 종,

내리지 않는 눈 대신 주먹만 한 솜뭉치를 장식하고 싶은가.

칭칭 감아놓은 비닐 반짝이가 바람을 희롱하며 버석거려.

언짢은 마음이 있다면, 밤의 신에게 털어놓게.

영혼도 없이

살찌는 밤의 육체.

비만한 욕망이 번쩍거리는 황홀한 밤의 육체.

별의 주검

낡은 장롱을 바꾸려고 보니
장롱 놓였던 자리 벽지에 곰팡이 얼룩 새겨져 있다.
밤마다 옥상에 올라가 헤아렸던 별들
역모 회동을 하다 들킨 것처럼 검푸르죽죽 뒤죽박죽
흩뿌려져 있다.
저 얼룩은 곰팡이가 아니라 역모에 연루되어 죽은
별들의 주검. 장롱은
주검을 가려놓은 병풍.
꿈이라는 하늘에 반역의 칼을 겨누고 현실로 걸어 들
어갈 때
별들은 장롱보다 거대한 절망으로 캄캄하게 가려진 벽
면에 피를 흩뿌린다.
몇 번이었던가. 피 흘리는 고통이 싫어서
누추한 생활의 손목을 잡고 현실 없는 상상의 계단 오
르내렸던 것은.
하루빨리 명퇴를 해야겠다며 친구는
명예퇴직수당을 계산기로 두드리는데
그 옆에서 백면서생인 나는,

무연히 앉아 있다. 낡아빠진 오늘이지만 후회하거나
원망하는 무엇은 없다. 쓰디쓴 입맛은 에스프레소를
마셨기 때문이 아니다.

그렇게 친구와 커피를 마시고 은행 빚을 내지도 못하
고 가구점에 들러 주문한

장롱을 넣으려다 발견한

별의 주검들, 핏자국 눅눅한

벽지를 갈고 소독을 하고 잠시 앉아 있으면 비로소 나
는 가슴이 저려진다.

나는 또 밤마다 옥상에 올라가 별을 헤아릴 것이고

장롱 뒤에는 또 꿈이라는 하늘에 반역의 칼을 겨눈

천상열차분야지도 한 폭 시퍼렇게 살아나 반짝일 것이
다.

꿈을 사랑하면서도 정작 기진맥진 현실과 살아야 하는

마음의 한구석, 낡은 장롱이 있던 곳.

아린 마음의 한구석, 별의 주검이 있던 곳.

모과꽃

살수록 추위 깊어지는 도시의
골목길 담장 아래
저 모과나무는
어디서 왔을까?
팔다리 잘린 채 주홍색 꽃을
온몸 빽빽하게 피우고 있다.

바람이 모과나무 어깨를 툭 치자
흐릿하게 밀려오는,
'머언 젊음의 뒤안길에서 돌아와 인제는 거울 앞에 선
누님'보다 초연해 보이지도 않는,
그래서 더 서러운 저 모과꽃 꽃냄새.

입 하나 줄이려고 도시로 나와
정지꾼살이 하다 결혼해
모과 같은 자식 몇 놈 잘 키워내고
이제는 관절염 신경통으로 마실도 못 다니는 모과나무,
현란한 립스틱 바른 봄의 웃음을 보고

열일곱 어린 딸을 도회로 내보냈던
어미가 차마 쓰지 못하고 두었다 대물림한
장롱 깊숙이 묻어두었던
코티분(coty粉)을 꺼내 바른 것일까?

골목 끝으로 분내 흐릿하게 밀려온다.
1년에 한 번, 봄놀이 나설 때만 바르는 분,
설렘으로 찍어 바른 그 분내가
골목길 돌아 나와 4월 하늘로 풀풀 날아간다.
어질머리 않는 나이 든 구름이
미어지는 가슴 풀어헤치고 있는 하늘,
4월 하늘로 자꾸, 막막하게, 꽃잎 날리는
저 하염없는 모과나무.
오늘은 꽃냄새도 온통 주홍빛이다.

그녀의 서가(書架)

세상에는 불타올라도 타지 않는
서가(書架)가 있다. 타오르면서도 풀잎 하나
태우지 않는 화염도 있다.
나는 저 불꽃의 마음 읽으려고
그렁거리는 차를 몰고 7시간이나 달려왔다.
층 층 만 권의 책을 쌓아올린 채석강 단애
한때는 사나운 짐승처럼 시퍼런 칼날
튀어나오던 삶이었겠다.
그럼에도 벼랑에만 매달려 사는
가마우지새에게게만은 둥지를 허락하는 여자였겠다.
악다구니 쏟으면서, 그게 가난에게 내지르는
주먹질이란 걸 알았던 것일까.
가파를수록 정 많고 눈물 많은 달동네
노을의 그 지독한 핏빛
아 나는 기껏 몇 권의 습작노트를 불태우고
한 세계를 잃은 듯 운 적이 있단 말인가.
이제는 저렇게 불타올라도 용암처럼 들끓지 않는
그녀의 삶, 삶의 문장으로 채워진 만 권의 책.

오늘은 내가 가마우지새 되어
그녀의 서가에 한 권 책으로 꽂힌다.
미친 힘으로 벼랑 핥는 파도도
바다의 불꽃으로 피어나고
비루한 삶의 풍경에까지 층층 겹겹
한 살림 불의 문장을 새겨주는 채석강 노을.

인간 불평등 기원론

혼자 살던 이가 숨진 지 수십 일 지나 발견됐다.
그것은 발견이 아니라
혼자는 외롭고, 함께는 괴로운
21세기 고질병이 발굴된 것이다.

이룰 수 없다는 것을 알면서도
꿈꾸었던 수평의 세계를 끝끝내 이루려고 자신의 몸을
한 토막 사물로 평평하게 만들어놓은 사내.

참 오래전이야. 그때
루소 선생이 말했지. 자연으로 돌아가라고.

돌아갈 수 없다는 것을 알면서도
끝끝내 돌아가려고 유충들 속에 자신의 몸을
의탁하기 가장 좋은 자세로 눕혀놓은 그의 목소리가
느닷없이 들렸다.

수평이든 지평이든 평평한 것은 없어.

저 고요한 수평선에 칼날들 번쩍이는 것을 보라구.
지평선도 마찬가지지. 아무것도 평평하지 않다구.

길의 역사는 이 조그마한 방에서 기어나간
유충들이 다시 써 나갈 거야.
구름이 비의 풍선을 터트린 듯 말이 수직으로 쏟아졌
다.
자연 상태로 돌아가기 위해
벌레들은 끊임없이 갉아댈 거야.
철근과 콘크리트를! 유리의 세계를!

오, 자연 상태를 벗어난 생존,
생존이 농업을 낳고, 농업이 토지 소유를 낳고, 토지
소유가 빈부를 낳고, 빈부가 강자와 약자를 낳고, 강자
가 법률을 낳고, 법률이 권력을 낳고, 권력이 세습을 낳
고, 세습이 불평등을 낳고, 불평등이 불합리를 낳았다.
이제 더 무엇을 낳을 것인가. 꽃처럼 예쁘게 피는
먹이피라미드의 꼭짓점.

우리가 수평선이라 부른 저 삼각파도들.
음계처럼 눈부시게 넘실거리며, 우리가 수평이라 부르
는 세계에
겹겹 서 있는 칼날들.

나는, 메아리처럼 내 귓바퀴 앞에서 울려 퍼지는 그의
목소리를 기억하려고
두 발 모으고 서서 눈을 감는다.

탈출구를 갖지 못한, 외롭고 괴로운, '홀로'와 '함께'의
그림자 없는 시간을
루소 선생은 그때 이미 봤던 거지.
그래서 말했지, 자연으로 돌아가라고! 돌아가야 한다고!

목청껏 소리치는
그는 1700년대의 루소를 만나고 온 사람 같다.

나는 가만히 사방을 둘러본다,
문명의 거대한 손과 발
닿지 않은 곳이 없는 이 세계.

자연은 없다.

그러나 자연은 있다.

지금 이 시대의 자연은 이웃이 있는 곳.
공간의 수직 상승 속도와
시간의 질주 속도가 높아질수록 우리는 돌아가야 한다.
자연으로 돌아가는 일은
이웃의 손을 잡는 것.

혼자 살던 이가
홀로 죽어가며 꾸었던 마지막 꿈이
창문 틈새로 시취 풍기며 구더기 떼를 흘려보내도
흘러나온 구더기 떼가 신발에 밟혀 터져 쉬파리 떼 들

끓어도

　꿈쩍 않는

문명인들의 골목이 있다.

돌아갈 수 없다는 것을 알면서도 끝끝내 돌아가기 위해
비좁고 허름한 사각형의 찜통 방에서
마침내 수평이 된 한 사내가 발굴됐다.
고집스럽게 수평의 세계를 꿈꾸었던 사내의 절망을
사람들은 고독사라 불렀다.

광합성

햇볕 좋은 벤치에 앉아 그녀는 털모자를 벗는다. 비타민 얻으려면 광합성을 많이 해야 한다며 민머리를 손바닥으로 슥슥 쓸어본다. 그녀 몸에는 분명 광합성 일으킬 엽록체가 있을 것이다. 항암 치료 받느라 머리카락 다 빠진 그녀 얼굴이 오늘따라 더 핼쑥하다. 민머리 그녀를 둑길 저쪽 연인이 자꾸 흘깃거린다. 한겨울 추운 물가에 서 있는 댕기물떼새 같았을까. 얇은 투명 비닐 같은 이 가녀린 햇빛의 아름다움. 저 광활한 동양 최대의 철새도래지 주남저수지에서 살아가는 생명체들도 광합성하며 온몸으로 받아들이고 있으리라.

겨울,

우리에게는 더 긴 햇볕이 간절하다.

까마귀 떼처럼

비가 쏟아지는데도 아파트에 사는 나는
달려나갈 일이 없다.

마당 있는 집에 사시던
아버지 어머니는
비가 오거나 오려고 하면 항시 바깥에 나가
비 맞으면 안 되는 물건들
거둬들이거나 덮어놓으셨는데
이웃 마당을 보곤 비 소식 알리기도 하셨는데
나는 창가에서
공장 지대 풍경이나 보고 섰다.

앞집 뒷집은 어디 갔는가.
사람냄새 글썽이던 지상은 어디 갔는가.

황급히 비설거지하러 나갈
마당 없는 아파트촌에
기세 좋게 비가 온다,

독한 술처럼

거침없는 까마귀 떼처럼.

악양루

절벽은 절벽을 타고 기어오른다.
삭고 부서지고 무너지고 깎여도 등 안 굽히는 절벽
높고 단단한, 뼈로만 이루어진 온몸이
바람이고 눈비이고 태초의 울음이어서 절벽은 또
발목부터 머리 꼭대기까지 층층 울퉁불퉁하다.

제 혓바닥으로 코를 핥지 못하는 사람처럼
절벽은 허리 굽혀 강물을 마시지 못한다.
태어날 때부터 엉금엉금 바닥 기어본 적 없으므로 절
벽은
엉금엉금 기며 어머니 젖을 빨다가
몸이 이제 절벽을 닮아가는 사람들에게
누각 한 채만큼만 자리를 내주었다.

악양 들판에 젖을 물린 남강도 이제는 가끔씩 절벽에
자기 정신을 기대어보고 싶은 것이다.
절벽이 흘려 만든, 푸른 물기슭의 흰 모래밭 긴 꼬리가
정오의 햇볕 따라 꿈틀거릴 때

물면에 내려보낸 짧은 그림자로 얼른 강물의 마음
잡아채는 악양루,
절벽은 허리 굽히지 않고도 강물 긴 허리띠를 찬다.

＊ 악양루(岳陽樓) : 경남 함안군 대산면 서촌리 산122에 있는 조선시대의 누각.

아라 홍련

만개한 붉은 연꽃이 미풍에 설렁거리고 있다. 설렁거리며 뭐라뭐라 이야기한다.

내리쬐는 볕 속에서 어떤 이는 맑은 향기의 내력을 듣고, 또 어떤 이는 칠백 년 기다림이 부활하는 소리 듣는다.

후끈 밀려오는 물 냄새에 코를 킁킁대며 못가를 걷다 보면 설렁거리는 그 연꽃들 사이로 고려의 흥망성쇠가 보이고, 강을 건너고 산을 넘는 말발굽 소리 출렁거린다.

다시 귀 기울이면 발해 유민들의 목소리가 수런거리고, 팔만대장경을 판각하는 소리, 직지심체요절을 인쇄하는 소리 걸어 나오고, 목화 벙글고 피는 소리 일렁거린다.

만개한 붉은 꽃잎 섬세한 그물맥으로 새겨진 칠백 년 시간의 길.

자기 몸을 깨야 싹이 트는 신생의 신화를 들려주고 있

다. 함안의 고려 연못 터에서 솟아난 그 찬란한 소리를 나는 오늘 귀동냥 눈동냥하고 있다.

3부

정거장 없는 기차

멀미

심연도 물소리 깊은 심연이 있다. 경남 함안군 칠서면 계내리 상포(上浦), 우리말로는 웃개인 그 마을 나루에서

귀 기울이면 심연도 출렁임 없는 물소리에 귀 먹먹한 심연이 있다. 어머니는 아직도 나룻배를 타고 남지장에 가시고, 나는 귀 먹먹 발목 잡고 따라오는 푸른 물소리를 아찔아찔 멀미하며 듣는다. 햇빛 눈부신 내 예닐곱 살 적 모래톱 풍경을 길게 풀어내는 낙동강, 자동차나 타고 달려와 듣는 이 아침 소리 없는 물소리에

능가사 범종 소리만 산 한 채 짊어지고 강을 건넌다. 이제 더는 기다릴 배도 없고 강 건너 나루터에 새겨놓을 꿈도 없는

중년은 참 막막도 하겠다. 삐걱삐걱 추억 속에나 부려놓는 나룻배 소리,

파헤쳐 둑을 쌓고 강물은 더럽혀져 쾅쾅 굴러도 끄떡 없던 얼음 더는 얼지 않는 웃개나루, 눈 감고 심연 그득 시큰거리는 추억이나 한 폭 중얼중얼, 나도 낙동강도 그 소리 받아 적느라 오랫동안 멀미를 하는 것이겠다.

속살

벌어진 삶의 속살은 아름다운 것인가. 아픈 것인가. 소리 없는 소리로 몸 벌리는 가을이여, 국도변 밥집 마당 평상에 앉으니

여기저기 잘 익어 안달난 몸들, 살 여는 향연 뜨겁다. 뒷산 밤나무 숲 밤송이들은 난공불락의 성문 열리듯 쩍 벌어지고, 식탁 위 펄펄 끓는 전골냄비 속에서는 백합조개들 요지부동 꽉 다문 입 벌어지고, 우리는 식욕 채우느라 쉴 새 없이 입이 벌어지고 있다.

나는 본다. 시커멓게 갈라진 논바닥, 고대의 거대한 상형문자 같다. 가뭄 깊어 알 야물기도 전에 나락 말라 일찌감치 베어냈다는 밥집 노인의 갈라진 손바닥에서 엉금엉금 기어 나온 갑골문자가 혈혈단신 월남한 스무 살 파란만장 청년의 일생이다.

마음속 우레 같은 가을의 소리 없는 소리들아. 벌어져서는 안 될, 벌어진 이념의 상처에는 언제 새살 차오르겠느냐. 저기 밤송이처럼 언제 알밤들을 툭툭 쏟아내겠느냐. 여기저기 뜨겁고도 아픈

곡(曲)과 절(折)의 속살, 삶의 결산 같은, 벌어진 것들의

속살들아. 밥집 마당 감나무 아래 서서 나는 한참 눈길
거두지 않는다.

모서리의 무덤

조개껍질을 줍는다. 백사장 조개껍질은 깨진 것도 둥글어져 있어. 시간의 오랜 힘이 모서리를 데려가 이 바닷가

모래로 부려놓았을 것이다. 얼마나 많은 사람들이 이 바닷가에 와서 삶의 모서리를 굴리고 굴려 떨구어 냈을 것인가.

파도가 지나가자 내 위장 속에서 깨진 조개껍질 절걱거린다. 절걱거리며 위장을 찢고, 드디어는 출혈이 시작된다. 내 위벽 천공은 잦은 과음 탓이 아니다. 울고 싶어도 울 수 없었던 중년의 무게를

저 파도는 이미 알고 있는 것이다. 아무 문제도 해결하지 못하는 분노는 독이 될 뿐이라고 시퍼렇게 후려치며 모멸감에 떨었던 마음 파편을 쓸어가는 바다.

경솔한 자들의 입방아가 허옇게 거품 물고 스러진다. 아이들은 깔깔거리며 성을 쌓고, 나는 조개껍질을 줍다 본다. 저것은 무덤을 빠져나온 생각의 흰 뼛가루, 눈부신 반짝임은 폭양의 장례식 만장.

없는 모서리가 내 마음을 툭 치고 간다. 그러니까 둥글어진다는 것은 거친 세파(世波)를 온몸으로 받아들여

잘 소화시켰다는 것. 삼킨 모서리 소화시키느라 내 위장은 늘 상처투성이다. 그러니 둥글게 산다는 것은 자기 안에 수천 개 흉터를 가지고 사는 일.

모서리를 떨구러 온 사람들이 와와와와 바다에 뛰어든다. 둥글어지기 위해 무덤처럼 둥근 튜브에 몸을 끼운 채, 그러나 평생 바닷가에 살아도

둥글어지기 힘든 삶도 있다. 시인이란 족속, 새로 태어나기 위해 날마다 마음의 알 깰 수밖에 없는, 뾰족한 모서리를 자기 안에 넣고 굴리고 굴릴 수밖에 없는

정신의 흰 뼈, 뼈의 무덤, 정작 둥글어진 것은 봉분이 없다.

무쇠칼

그때 나는, 숫돌 하나 장만했지.
허공을 베려고
쓱쓱 무쇠칼 하나 갈았지.

단칼에 베겠노라,
기세등등 시퍼렇게 칼날을 세웠지.

칼바람도 베지 못하고 지나가던
의심이라는 허공,
슬픔이라는 허공,
고통이라는 허공,
분노라는 허공,
절망이라는 허공.

물 같은 허공.

칼로 베면
칼이 지나가는 소리만 남겨놓는 허공.

칼을 깊숙이 받아들였다가 상처도 없이
금방 봉합해버리는 허공.

그때 나는 보았지.
하늘의 혀 같은
하얀 목련 꽃잎 한 장,
허공의 없는 뼈와 살 사이 지나는 것을.

흔적 없이,
자기 몸에서 떨어져 나온 줄도 모른 채
허공을 읽는 꽃잎의 흰 행간.

허공은 베는 것이 아니더군.

허공은 읽는 것이더군.
칼이 허공에 녹아들 듯
허공이 칼을 품어내듯
한 몸 되어 무심해지는 것이더군.

꽃 심는 사람

늦은 봄날 한낮에
도로변 화단에
늙수그레한 사람들이 쭈그리고 앉아 꽃모를 심고 있다.

저들은
일하는 마음일까,
꽃 심는 마음일까.

그곳을 지나며 나는
일하는 사람과 꽃 심는 사람의 생각 차이에 대해 생각
한다.

기쁠 것도 없고 슬플 것도 없는 꽃들,
그리고 얼굴이 따가운 봄볕,
볕을 등지고 모자를 쓰고 꽃모를 심지만 얼굴에 땀방
울이 맺힌 현실.

고단함과 굴욕은 삶 어느 구석에나 다 웅크리고 있는

것이다.

　나는 식은땀이 흐르는 내 이마를 훔친다.
　돈을 벌지 못하는 생활은 애처롭고
　꿈은 나비가 파닥거릴수록 투명하게 반짝거리는 거미
줄처럼 아름답다.

　꽃과 늙수그레한 사람들 사이에서 나의 눈길은 흔들린
다.
　꽃을 심을 때 심중을 퍼 올리면
　두레박에 담긴 감정들은 어떤 물맛일까.
　육체에 수시로 사막이 들어서고, 또 사나운 비와 바람
이 수시로 몰아치는 나는 어디로 가야 할지 모르겠다.
　나도 꽃 심기를 할까.
　꽃을 심으면 현실은 내가 꽃 심는 까닭을 가족에게 뭐
라 말할까.
　일하는 사람에겐 기계가 놓여 있고, 첩첩 서류 뭉치가
놓여 있고, 땡볕 속의 노동이 놓여 있을 것이지만,

꽃 심는 사람에겐 물 호수가 샘터일 것이고, 햇빛은 무량의 열망일 것이라고,

꽃 심을 때만큼은
낭만도 잊고, 고민도 잊고, 번잡한 현실을 뚫어지게 바라보지 않아도 될 것이라고
일러바칠 것인가.

초라할 것도 없고 장엄할 것도 없이 도시 도로변에 피어 있는 꽃들.
현실의 이마에 맺힌 땀방울들.

저들은 아침 일찍 집을 나서며 일하러 간다 했을까,
꽃 심으러 간다 했을까.
늦은 봄날 한낮을 지나며
나는 나를 생각한다.
비겁을 애처로움으로 포장한 것은 아닐까.
생각 복판에 심기는 꽃모들. 지루한 고민처럼 따가운

햇볕 위에 또 햇볕.

기타 배우기

현을 바꾸고, 튜닝을 한 뒤 왼손가락으로 계음을 더듬거리며 현을 퉁겼지.

손가락 끝에서 아픈 새가 한 마리, 두 마리….

비명을 날아오르는 울음이라고 해석하고 나니 기타 소리가 제법 그럴싸해졌지.

손가락 끝이 아프다고 포기하면 자유롭고 싶어 하는 새의 날개를 꺾는 일이라고 날아오르는 울음들이 내게 말해 줬어.

계음을 짚은 뒤 다른 계음을 찾아갈 때는 이국의 거리를 걷는 기분이야. 낯선 건물과 다른 색깔의 언어, 종잡을 수 없는 방향, 설레임과 약간의 허기.

눈으로 플랫을 확인하고 계음을 짚고 현을 퉁기지만 소리들은 결절이 온 성대처럼 제각각이야. 그런 음표를 찾아가는 손가락을 보며 나는 아직 인간인 것을 확인하게 돼.

그렇지만 1년 뒤엔 몰라.

guitar가 其他가 되지 않는다면 몇 번의 1년 뒤엔

네 두 무릎 위에 깃털 보드라운 새들이 별자리를 새겨
줄 거야.
사람이 죽으면 다시 태어난다는 낯설고 아름다운 나
라, 삶이 고단하지 않은 그런 나라의 별자리.

오늘 손가락 끝에서 한 마리, 두 마리… 태어나는 새.
울지 않는 현 대신 우는 새. 사철나무를 믿듯이 날아오
르는 울음의 새를 믿는다.

교차점

요즘은 피로가 오면
박카스를 마신다.
박카스를 마시는 횟수가
늘어나는 만큼
피로가 오는 횟수도
늘어난다.

피로해서 나는
박카스를 마시는가.
박카스를 마시고 싶어서 나는
피로를 느끼는가.
박카스를 마실 때마다
내 생애에서
피로하지 않은 날이 있었는지
궁금했다.

그러다 박카스 상표의
'피로회복 자양강장' 비문(非文)을 보고

뜬금없는 생각을 했다.
폭우 같은 사랑에
단맛만 아니라
해소해야 할 쓴맛도 회복되고 있어서
가슴이 뭉클뭉클 차오르지 않았을까.
박카스가 나에게 와서
'피로회복'시킨 다음
'자양강장' 효능을 주는 것처럼.

삶 어딘가 숨어서
끊임없이 피로를 재생산하는
비문을 마신다.
박카스를 마신다.
박카스와 피로의 역학 관계를
생각하면서. 내 생애에서
피로하지 않은 날이 있었는지
궁금해하면서.

정거장 없는 기차

그는 '문학의 전당' 대표였고, '시인시각' 발행인이었다.

아니. 다른 무엇보다 그는
정거장 없는 기차였다. 정거장이 없어 멈추어 본 적 없
는 시의 기차였던 그가

정말 그대로 질주해버렸다. 언덕 너머, 경계 없는 시의
나라로, 수줍은 듯 가만히, 얼굴에 담고 있던 미소를 한
장 사진 속에 가둬놓고

가버렸다. 기적도 울리지 않고, 마흔 여덟
짧은 일생을 꿀꺽 삼킨, 소실점을 향해 뻗은 두 가닥
철로를 새벽이 되밟으며 돌아오고 있었다.

시인 김충규!

저 너머는 어떠하냐.

우리 사는 이 세상 정거장의 봄볕은 참 무장무장 눈부시게 환하다. 뚝뚝, 덩어리째 꽃 모가지 떨어지는 동백만 붉어

왈칵! 눈물 더 복받치는 서러운 3월.

흰 달

생전 그가 좋아하던 목련이었다. 저녁 가느다란 바람
속에서 하얗게 빛나던 그것은
뿌리 끝에서 몸통을 타고 올라온 음계가, 떨면서 입을
열고 심연의 침묵을 나무 끝에 매달아 흔드는 것 같았다.

그는 이제 남양주 봉인사의 지장전에 잠들어 있다.
그를 보내고 집으로 돌아올 때

창원행 고속버스 유리창을 뚫고 들어오려 안간힘 쓰던
햇빛의 언어들,
말하려 해도 침묵의 움푹 파인 목구멍으로 미끄러져
이내 흐느낌이 되던 생각들,
입 다문 그대로, 또 다른 심연에서 어둠 껍질을 벗기며
하얗게 떨리는 음계로 피어나고 있었다.

이름 부르면 조금 느리게 돌아보던 몸짓, 출판사 일 마
치고 부천행 급행전철을 타러 종종걸음 치던 뒷모습처럼
생생하게

오늘도 어스름 저녁을 흔드는

흰 목련.

마음 끝에 울컥, 솟구쳐 걸리는 흰 달처럼
생전 별 말 하지 않고 말하던 그가 불쑥 요렇게 찾아
와 말 걸 때도 있다.

발바닥

어떤 삶을 웅숭깊은 삶이라 할 것인가. 들여다보면 발바닥 흉터가 깊다. 쩍쩍 금 간 논바닥 같다. 땅거미 내려앉고 서릿발 돋은 일생이

고스란히 새겨져 있다. 바닥으로 끝없이 가라앉으며 잠든 당신, 푸푸거리는 숨소리 사이사이 거친 바람이라도 부는지 몇 토막 잠꼬대가 논두렁을 타고 넘는다. 지게 가득 나락 가마니를 옮기다 다친 목 척추 통증보다 더 시퍼렇게 밤마다 가슴팍에서 태어나는 열세 살 어린 별을 만나고 오셨나. 이불 사이로 삐죽 나온

거북 등 같은 발바닥 깊은 흉터 몇 개가 천체도로 떠오른다. 균열로 기록된 세월의 서책이여, 새끼들 배불리 먹이면 맨발도 아프지 않던 그 생애의 문장을

나 이제야 읽는다. 내 추수의 기쁨 뒤에서 딱딱하게 굳고 쩍쩍 금 간 채 신음도 없이 엎드린 당신의 들판, 중년이 되어서야 겨우 철들어 경배를 한다. 부처의 발바닥 같은, 그 발바닥 보륜 같은,

길 위의 한 생애가 새긴 발바닥 경전.

제주 활화산

나지막한 현무암 돌담길 같았던 사람, 큰 눈에
제주 바다 푸른빛 담고 있던 사람,
내심(內心) 깊어 묵묵했으나 손이 따뜻했던 그가

중문의 베릿내 해안에 흰 꽃 피웠다. 한 줌 뼛가루로
피운 흰 바람꽃, 그런 꽃 피운다고 누가 좋아하나? 묻기
도 전에, 기어이,
물의 집이고 삶의 '물집'이던 고향 바다와 하나 되었다.

그는 시의 활화산이었다.
제주 오름을 사랑하고, 제주 문화와 역사를 뜨겁게 꽃
피우고 싶어 하던 사람,

관광단지 된 조그마한 바다 마을 베릿내, 옛날 그 숨
비소리를 끝끝내 품은 숨비기꽃 때문이었을까, 강정마을
구럼비 바위를 지키려 애쓰던 그가
제주 칸나의 시뻘건 꽃잎같이 터져 솟구치던 시만 남
겨놓고, 풍문도 없이

바다의 화엄이 되었다. 예순,

아직 몇 구비나 남아 있는, 걸어가야 할 길을 제주 바다, 그 경계 없는 푸른빛 속으로 끌고 가 버렸다.

전율에는 거짓이 없다던, 아아

제주의 시인 정군칠!

날개 없이 날 수 있다던 달의 난간, 그 아슬한 송악산 절벽의

꽃이 된 시인, 기어이 벼랑 기어올라 영영 지지 않는 바다의 화엄이 되고만 시인,

그러고 보니, 이별이라는 말, 참 칼끝 같다.

형님. 평안히 가세요. 마지막 인사에도 묵묵부답, 그저 파도에 씻겨갈 뿐이어서 더 막막한 그리움.

그래. 그 바다에는 이승과 저승, 경계 없으니 이별도 없다.

7월 폭염 아래, 더 시퍼렇게 일어서는 우리들 그리움
만 남겨놓고.

숨비기꽃 얼굴

 얼음이 꽝꽝 언 날, 찬바람 그놈은
생김새가 활어의 살과 뼈 사이로 스며드는 회칼 같았다.
 큰길 좁은 길 가리지 않고 돌아다니다 사람만 보면 가
시 붙은 긴 밧줄로 휘감아 묶어 잡아먹으려 들었다.
 칼바람 그놈은 전광석화 같아 싸워 이길 도리도 없고,
 삼겹살집으로 피해 들어갔는데 한라산소주가 나왔다.
 한라산소주는 한라산의 백록담 물빛이 담긴 소주.
 설문대 할망이 어룽거리고,
 제주도 중문의 베릿내 숨비기꽃이 된 정군칠 시인이
강정에서 산방산에서 모슬포에서 설렁설렁 걸어오는 것
이 보이는 소주.
 어떻게 소식을 들었는지 조금 뒤에는 이종형이 오고,
강영란도 오고, 김병심도 김영미도 오고, 김순선도 김세
홍도 오고, 문순자 조영자도 오고, 소설가 오을식도 와
서 삼겹살집에 숨비기꽃 향기가 시끌벅적하였다.
 나는 바람 많은 제주에 사는 그들을 믿고 의기양양 맵
찬 바람의 거리로 나왔다.
 길바닥에는 눈도 코도 없는 종이 넙치 종이 도다리 종

이 가자미들이 득실거렸다.

　이곳이 바단 줄 알고 숫제 펄떡거리며 날아다니는 놈
도 있었다.

　좋은 횟감이라고 잡아먹으려 들었다면 내가 오히려 삐
끼라는 그물에 포획돼 횟감이 됐을 것이다.

　물질도 아니 하였는데 멀미 나는 쉬이샹이라는 곳의
밤바다.

　그 밤바다 벼랑을 올려다보니 없던 꽃이 피어 있었다.

　숨비소리 내며 만발하는 보랏빛 별들의 꽃,

　전생과 후생이 한결같을 꽃, 숨비기꽃이

　사는 일로 멀미하지 말라고 가만가만 북두의 눈부신
이마를 밀며 와서는 얼어붙은 내 목덜미를 더듬어주는
것이었다.

　별이 내린다는 그 베릿내 벼랑 해풍에 씻긴 향이 어느
새 쉬이샹 컴컴한 골목을 차츰 적시어 주는 것이었다.

성분제(成墳祭)

같이 거름 내고, 전지하다 잠시 쉴 때 냉이 씀바귀 봄
나물도 같이 캐고, 열매를 솎다가 멀리 동네 앞길 지나
가는 사람 이름 맞추기 놀이도 하던 과수밭 길을 돌아
걸어가신

어머니는, 이제 패랭이꽃이 될 것이다.

복숭아를 수확하느라 하루에도 수십 번 오르내리던
산비탈밭에
어머니 입가 미소로 모여 앉아 있던 패랭이꽃,

그동안 잘 살았다고
이삼 년 묵혀 놓아 바랭이와 한삼덩굴 우북해진 과수
밭을 발그스레 패랭이꽃빛으로 내려다볼 것이다.

해지면 하늘에도 하나, 둘, 셋, 피어나 무성할 패랭이
꽃밭. 하직 인사를 하고 내려오는데, 언제인지
상복 입은 과수 그늘,

나보다 더 납작 엎드려 일어나지 않는다. 일어나지 못한다.

일족

　선산 언덕에서 머윗대를 베어왔다. 껍질을 벗기는데 손톱 밑까지 까맣게 물들었다.

　살과 뼈가 삭아 물이 되고 흙이 된 조상의 영토에 뿌리박아 굵고 길게 자란 머윗대, 생각하면

　까맣게 물든 손끝이 내 조상이 다녀간 흔적 같다.

　까마득한 후손을 머윗대 되어 찾아와 손끝에 풋내 흔적 남기고 음식이 되는 지극, 생각하니

　머리카락 쭈뼛 일어선다.

　창문 열고 하늘을 본다. 듬성듬성 박혀 있는 구름들, 하늘 손끝에 남은 머윗대 껍질 벗긴 흔적 같다.

　얼굴 한 번 본 적 없지만, 강이 되고 산이 된 조상의 몸과 숨소리 있었던 자리 같다.

생각하면 머윗대와 물과 흙과 하늘과 구름과 나는 그리 멀지 않은 피붙이구나.

　우리가 이렇게 만나는 데는 몇 번이나 비가 내리고 햇빛과 바람은 얼마만큼의 시간을 감았다 풀기를 되풀이했을까.

　족보에도 나오지 않는 문중 피붙이들이 우리 집에 모여 수런수런 생각 꽃피우는 날이다.

염전 생각

1. 소금산

염부가 폭염 속에서 소금을 모으고 있었지.
온몸이 소금에 절어 소금빛이 된 중년 사내
나래질 검은 팔뚝에서 근육질 바다가 꿈틀거렸지.

하나씩 그 바다 끝에 소금산 만들어지면
짜디짠 삶의 주름, 그 깊은 골짝에서
고단을 잊은 기쁨이 은싸라기로 쏟아지더군.

2. 서풍(西風)

지금도 기억 생생한 변산의 곰소 염전.
그날의 여행은 평전 선생과 함께였지.
쨍쨍한 불볕 속에서 봐야 한다던 그 염전.

격포에서 모항 휘둘러 곰소 특산 젓갈 백반을 먹고

시커먼 판자벽 소금 창고까지 두루 살피던 그때
염전의 소금산 같은 시를 쓰자던 그 다짐.

시도 삶도 밍밍한 날, 곰소 염전 생각한다.
선생의 얼굴을 동그랗게 그려본다.
뜨겁게, 서쪽 바람 타고 소금기 몰려온다.

4부

노인장대꽃

드높은 산

올라가는 길이 곧
내려가는 길.

내려가는 길이 곧 올라가는 길.

가도 가도
길을 공평하게 가지고 있는 산.

짐승도 사람도 다 받아주는 산.

가도 가도 공평해서
드높은 산.

중산간마을 사람들

그는 새가 되었다. 그는 노루가 되었다.
백록담이 되었다.
바다가 되었다. 그는
우리 살 속을 파고드는 푸른 바람이 되었다.

꽃들이 어두워질 때마다
가만가만 얼굴 씻어주는 봄비가 되었다.

윤동주 생각

하늘을 보면
별도 누군가의 이름을 하나씩 품은 것 같다.
푸르고 맑은 눈빛으로 살아
그 생애가
영영 지지 않는 한 떨기 꽃으로 피어난 듯하다.
청량한 바람이 풀벌레 소리를 공중에 풀어놓는다.
하늘 서쪽으로 굴러가던 달이 상수리나무 가지에 걸렸
다.
강물 소리에 발목 잡힌 산 하나가 젖고 있다.
저런 것도 다
푸르고 맑은 눈빛의 한 생애가
경작해 놓은
별인 듯싶다.

노인장대꽃

그는 몸으로
쾌청다거나 비가 올 것을 미리 안다, 몸이
고기압과 저기압의 미세한 변화를
기상대보다 빠르고 정확하게 읽어내는 것이다.
그의 예언은, 그의 부족이
소달구지를 이용하던 때에도 틀린 적 없다.
그의 부족 대부분은 자식 교육과 삶의 질을 위해
도시로 이주했다, 나머지 몇몇은
여전히 토지를 지키고 살지만 등골이 빠졌다.
그도 역시, 날렵하고 정확한 사냥법 익히기 위해
대처로 나간 후예의 학자금으로
농협 부족에게 빌린 소와 몇 마리 돼지를 갚느라
식량 저장고가 텅 비었다, 피골상접할수록
그의 예언은 더 정확했으나 사람들은 더 이상
그의 예언을 필요로 하지 않았다, 땅을
농공단지나 전원주택지로 팔아넘긴 늙고 홀로 남은 사람들은
맑고 흐린 날씨보다 다방 커피에 더 깊은 관심을 표명

했다.

　이따금 신음을 토하던 그는

　마침내 대지의 품에 영혼의 보금자리를 깔았다.

　사람들의 기억은 얇고 단순했다, 부족의 전설은

　빨리, 그리고 쉽게 지워졌다, 약한 새싹이

　새로 단장한 마을 광장의 시멘트 바닥 틈새에서 뻗어
나갈 뿐이었다.

　그는 아무도 관심 없는 죽음의 들판에

　노인장대꽃 되어 생기 불어넣기로 작심했던 것이다.

개의 정치적 입장

개들이 짖는 소리를
개소리라 한다.
그것은 개들의 대화이기도 하고
개들이 달을 보고 하는 뻘짓이기도 하다.

사람끼리 가끔
개소리한다고 할 때가 있다.
사람 안에 개가 들었다는 말이다.

개들도 그럴 때가 있을까.
개 안에 사람이 들어
울부짖으면
사람 소리 한다고 개들끼리 수군거릴까.

그러면 그것은,
욕설일까,
정치일까,
철학의 한 유파를 형성할 수 있을까.

벽에는 커다랗게 얼굴 사진을 새긴 포스터가
일렬횡대로 붙어 웃고 있다.

벽보 앞을 지나가다 나는
개 짖는 소리를 듣는다.
이것은
정치적 혐오일까, 무관심일까, 참여일까.
골목 앞, 신들린 무당집 개가
아무나 지나갈 때마다
컹컹컹, 컹컹 자꾸 묻는다.

다주택자 나무

나무는 부동산 부자다.
집터를 분양한 적도 없는데,
높다란 가지 곳곳 새들이 둥지 틀어
여러 채 주택 소유자가 됐다.

매매 한 번 한 적 없고
세놓는다는 광고 한 번 한 적 없지만
젊은 새 부부들
수시로 신접살림 차려 왁자하다.

그래서 나무는
돈의동이나 가리봉동 쪽방촌 사람들에게도
한 채씩 임대를 놓고 싶다.
임대료는 새들처럼 아침저녁에 노래나 한 곡 불러주는
것.

그렇게 못하니까 나무는
세계와의 불화를 양식 삼은 사람들 사이로

공기를 에너지처럼 뿜어낸다.
구름 몰고 가는 바람과 사랑을 나눈다.

가을 나무가 황금으로 치장한
집 자랑하더라도
탈세 혐의를 씌우거나 비난해서는 안 된다.
지금은 새들이
떠메고 온 창공을 노래에 덧입히는 때.
살아오면서 지은 모든 죄가 투명해지는 때.

동백 낙관

일찍 장지에 도착한 노인들은
그새, 술이 올라 시뻘겋다.

동백꽃 같다.

일생을 모가지째 뚝뚝 흘리고 있는
장지 옆 동백나무 시뻘건 냄새가
온몸에 전이된 노인들.

호곡과 정적 사이
동백꽃들이 술을 따르고 시뻘겋게 절을 한다.
절할 때마다 무더기
한 무더기씩 참수되는 꽃모가지.

죽음을 게워내고 일어나
거친 손바닥으로 얼굴을 쓰윽 문질러보는
저 노인 동백꽃들.

또 깊은 봄이 오려는가 보다.

눈멀고 귀먹은 새 울던 자리,
희미한 허공에 찍힌
지음(知音)의 동백 붉은 낙관.

잠수하는 날개

어제도 비가 내렸다.
그저께도 비가 내렸고
그그저께도 비가 내렸다.

오늘 또 비가 내린다.

내일도 비가 그치지 않을 거라 한다.
모레도 비가 그치지 않을 거라 한다.
글피도 비가 그치지 않을 거라 한다.
그글피도 여전히 작달비 쏟아질 거라 한다.

아파트 3층 우리 집에서 내려다보이는
목련나무 무성한 잎에 감싸인 비둘기 집
알 품은 비둘기가

비를 맞고 있다.

썩은 알을 품고

동그란 눈 깜박이지도 않고 나를 빤히 본다.

나도 그것을 빤히 본다.
다시는 날개 펼 일 없다는 듯
깃 몇 개
비바람에 묻혀 공중으로 치솟다가
땅바닥으로 깊이깊이 가라앉는
우기, 잠수하는 중력.

꽉 묶은 운동화 끈

마산에서 시위가 일어나던 날 김종철 씨가 창동네거리에 있는 저희 가게에서 운동화 끈을 꽉 묶고 나가는 거를 봤거든요.(창동 네거리 삼신당 시계점의 막내딸 서지민의 증언) 박진해 엮음, 부마 민중항쟁 회고 증언록 『김종철, 그의 시대 그리고 벗들』, 경남 창 원:(사)부마민주항쟁기념사업회, 2020, 148쪽.

그는 운동화 끈을 꽉 묶고 나갔다.

운동화 끈을 꽉 묶고

조흥은행 앞에서 주대환을 만나

50여 명의 학생과 걸었다. 불종거리를 지나 오동동다리

를 지나 가야백화점에 모였을 때

150여 명으로 늘어난 학생들은 다시 불종거리로 돌아

왔고

300여 명으로 늘어난 학생과 300여 명의 구경꾼이 불

종거리를 떠나 오동동다리에 이르렀을 때 군중은

2천여 명으로 늘어났고

유신 철폐, 민주 회복, 독재 타도, 언론 자유를 외쳤다.

공화당사를 지나 양덕파출소를 향할 때는 군중이

　5천여 명 되었다. 마산공고를 지나 북마산파출소를 지나 남성동파출소를 지나 창동 부림시장에서 사복경찰에게 붙잡힐 때도 김종철의

　꽉 묶은 운동화 끈은 풀리지 않았다.

　함께 유치장으로 끌려가던 주대환의 머리가 몽둥이에 찢어져 피를 쏟을 때도

　그들의 꽉 묶은 운동화 끈은 풀리지 않았다.

　시민들 모두 운동화 끈을 꽉 묶었던 일구칠구년 십일팔, 그날의 일이다.

청년 주대환

나의 내재종형은 점(點)을 잇는 사람,
청년 때는 그 점에 피가 스미기도 했지만
지금도 그는 점을 잇는 힘으로 산다.

점을 잇고 잇다가 뼈에 천둥이 스미기도 하고
점을 잇고 잇다가
집안 대들보가 휘기도 했다.

점은, 우정과 연대와 환대,
점은, 아픔을 이해하고 정의를 이해하고 사람을 이해
하는 힘,

철근 골조에 고문과 협박과 회유의 시멘트를
넣어 굳힌 독재와 착취에 맞서
점을 잇느라 네 번이나 투옥되고 풀려나는 사이
머리카락 허옇게 새버린, 이제
그를 보면 눈시울이 뜨거워지기도 한다.

그가 점을 찍어 새긴 역사의 암각화는 여전히 진행형
이고

비명과 슬픔이 새파랗게 질린 채 목에 걸려 있기도 하
지만,

나의 내재종형은 영원한 청년.
그래서 나는 민주라는 말,
그 피의 냄새를
통속적으로 발설하지 못한다.

까치가 날아간다

밥을 먹다 무슨 말 끝에
저까치라고 했더니 느닷없이
요즘 까치 극성스럽지요 그런다.
나는 그게 뭔 말인가 싶어
잠시 어리둥절, 눈을 껌벅이고
그는 나를 빤히 바라보며 씨익 웃는다.

어리둥절과 씨익 사이에 놓인
지층의 깊이.

두어 잔 반주와 무르익는 화제 끝에
절의 종을 받아 종소리 세 번 울려
보은하고 죽었다는 까치도 있지요 그런다.
나는 저까치라 했는데 서울 사람 그는
농사짓는 내가 까치에 대해
이야기한 것으로 알아들었던 것이다.

그러니까 감나무 꼭대기 까치밥

쪼아 먹는 까치.

그제야 나도 뭔 말인지 알아듣고
그는 그것이 젓가락의
경상도 내 모태 언어라는 걸 알고는
한참 웃는다. 그와 나 사이 까치가 날아간다.

상도여관

홍상수 감독의 영화
돼지가 우물에 빠진 날에 나오는
그 여관방이 내가 애용하는 숙소였다.

취객들 목소리 때문에
조그마한 창문이 밤새도록 덜컹거릴 때가 있었다.

하루는
자정 가까이에 누가 내 이름을 불렀다.
골목에서 목청껏 부르는 합창이
어둠을 뚫고 4층까지 단숨에 솟구쳐 올라왔다.

창문으로 얼굴을 내밀고 보니
시 쓰는 은기와 원경이, 경섭이,
그리고 또 몇 명의 얼굴….

지금도 감자탕에 소주 몇 잔 기울이고 싶은
찬바람 몹시 부는 가을 끝자락이었다.

산벚나무의 가을

나무들이 거풍(擧風)하고 있다.
그것은 생각을 말리는 일. 생각을 말려서 버리는 일.
큰 나무 작은 나무 따로 없다.
이쪽과 저쪽, 높은 곳 낮은 곳 따로 없다.
가진 것이라고는 몸속 꼭꼭 숨겨놓은
나이테뿐인 나무들.
산길 오르는 내 머리 위로 자기 삶을 마구 흩뿌린다.
노랗고 붉은 시간을 펄럭거리는 공중.
거풍축제 축하 비행을 하는 새들의 이마가 날렵하다.
내 몸에서도 조금씩 살 마르는 냄새가 난다.
나이테 하나 생기려나 보다.
새파란 하늘이 산꼭대기로
단풍 낙엽길을 가파르게 끌어당기는 한낮.
나무들이 태양과 바람의 암각화를 몸에 새기고 있다.

장마

비가 나무를 때리며 운다. 하염없이, 마구, 밤새도록
시퍼렇게 멍들도록 나무를 때리며

운다.

내가 내 울음의 입구와 출구를 모르듯 비가 왜 저렇게
우는지, 언제 그칠지 나는 모른다.

나무는 마냥 울음의 주먹을 다 받아주고 있다. 실은
나무도 까닭 없이 울고 싶을 때가 있다는 몸짓 같다.
밤새도록 멍든 어깨나 등이
아침 되면 검푸른 나뭇잎으로 펄럭이는 것이 그 증거다.

비가 하염없이, 마구, 밤새도록
나무를 때리며 운다.

이렇게라도 주먹질하지 않으면 살 수 없는 시대의 눈
물을, 나무는 온몸으로 다 받아주고 있다.

이웃

외딴집이 있다. 인도와 차도를 가르는 경계석 틈에,

자그마해서 잘 보이지도 않는 외딴집,
그 외딴집 건너편에 먼지 뒤집어쓴 어설픈 외딴집,

저 외딴집들이 얼마 뒤엔 마을을 이룰 것이다.
담장 없는 마을,
사유재산 없는 마을,
지배와 착취 없는 마을,
다툼과 전쟁 없는 마을을,

자동차들이 아무것도 못 보고 질주해도

얼마 지나지 않아 우리는 만나게 되리라.
외딴집 사이로 초록 길 이어지고
그 길로 토끼가 달려가고
어딘가에 뱁새가 집을 짓고
숨어들었던 꿩이 날아

두리번거리던 노루가 겅중거리는 꿈의 마을을,

외딴집이 마련한 꿈의 마을을 위해
오늘은 하늘에 별이 먼저 마을을 이루었다.
사자 천칭 사수 물고기 황소 게, 천차만별이지만
우리가 헤아릴 수 없는 광년을 건너온

꿈의 소식 전하는 밤에
불모지인 경계석 틈
맵찬 바람과 결빙의 계절을 건너온 풀씨의 외딴집이,
황무지를 견딘 뿌리의 외딴집이,

외딴집이 눈 깜박이며 새파랗게 손 내민다.

자동차들이 아무것도 못 보고 질주해도

우리를 평화 속으로 데려다주는 외딴집,
지구에도 꿈꾸는 별 있다고

자꾸자꾸 하늘로 꽃봉오릴 흔드는 외딴집.

왈칵, 한 덩어리 꽃

오래 한 여자를 앓아온 속 깊은 그가, 드디어
꽃다발을 들고 고백하려는 찰나
말보다 울음 한 덩이가 먼저 그녀 앞에 붉게! 쏟아졌다
고 한다.

목구멍이 왈칵, 한 덩어리 꽃이다.

망설임과 적막한 두려움과 설렘이 뒤엉킨 담쟁이덩굴
담장 아래

아무리 깊은 밤 되어도
일평생이 환할 그 꽃.

세상 파란까지 다 꽃이 되게 하는 한 덩이 아름다운 힘.

배한봉의 힘준 말 : 인내의 연대를 위하여

김종훈(고려대 교수·문학평론가)

　1998년 등단한 배한봉은 20년 넘는 동안 『흑조』(1998),
『우포늪 왁새』(2002), 『악기점』(2004), 『잠을 두드리는 물의
노래』(2006), 『주남지의 새들』(2017) 등의 시집을 상재했다.
간행된 시집에서 확인할 수 있는 것은 배한봉이 우포늪과
주남지 등의 특수한 지역과 물과 새가 환기하는 보편적 의
미를 기반으로 자신의 시적 개성을 구축했다는 점이다. 우
포늪과 주남지라는 형식에 물과 새의 영혼이 깃들어 배한
봉의 시 세계를 형성했다고도 볼 수 있는 것인데, 이때 형
식은 시인의 시적 개성에, 영혼은 보편적 의미에 대응할
것이다.
　『육탁』의 첫 시 「아침」에는 그간 시인이 일구었던 시적
개성과 이번 시집의 개성을 동시에 맛볼 수 있는 부분이
응축되어 있다. 희망이라는 의미의 자장을 벗어나지 않은

물이 이번에도 다시 등장한다. 보편성은 확보되었는데, 시적 개성이라고 할 만한 특수성은 어디에 있는가. 시를 보자.

> 너의 앙다문 입술과 너의
> 발등에서 태어나는 시간과 사랑과 눈물이
> 가 닿는 세계도 그러할 것이다.
>
> 오늘 하루치의 바람 잊지 않으려고
> 나뭇잎들이 음표를 던진다. 새가 하늘을 찢는다.
>
> 새카맣게 젖은 눈빛 꺾이던 골목에도
> 쿠렁쿠렁, 힘찬 강 열리고
> 푸른 햇발 일어서는 소리 들린다.
>
> 흐르는 물은 반드시 바다에 가 닿는다.
>
> —「아침」 부분

시집은 '너'를 아침으로 상정하여 세상이 밝아지는 순간에 주목하는 것으로 시작하였다. 하루는 어둠을 밀어내 빛을 들여오고, 시간과 사랑과 눈물이 닿으며 환한 세계가 밝아온다. 하늘과 바람과 골목이 등장하지만 시의 골조를 이루는 것은 이 물의 속성이다. 눈물이 강을 거쳐 바다에 가 닿는다. 특별한 것은 마지막 '반드시'라는 표현과 그 속에 담긴 의미이다. 이 말이 없더라도 시는 자신의 메시지를 충분히 전달하고 있는 것 같은데, 시인이 이 말을 통해서 굳이 강조하고 싶었던 것은 무엇일까.

바다에서 특별히 강조되는 의미는 낮은 곳에서의 연대이다. 눈물 한 방울이 바다가 될 수는 없다. 수많은 사연을 담은 물방울이 모여 다다른 곳이 바다이다. 여기에서 바다는 아침의 의미와 섞여 운동의 종결이라기보다는 극복을 위한 연대에 가까워진다. 그렇다고 모든 삶이 받아들여야 할 숙명이 바다의 뜻에서 사라졌다고 보기는 어려울 것이다. 바다는 '힘찬' 강의 그 힘을 사라지게 하는 곳이기도 하기 때문이다. '반드시'의 역할은 따라서 도저한 죽음을 환기하는 한편 그 안에서도 회생의 기회가 있다는 것을 강조하는 역할을 한다. 어둠 뒤에 다시 빛이 찾아와 세상을 밝히듯이, 죽음에 가까운 상황에서도 삶은 여전히 의미가 있다는 것이다. 시집 『육탁』에서 특별히 지향하는 의미도 '반드시'에 반영되어 있는 고통의 연대라고 할 수 있을 것이다.

얼른 집에 돌아와 보여주었지만, 아내도
구두에 뒤축 대신 사과나무가 심겨 있다는 것을 믿지 않았다.
우리는 모두, 늙은 수선공의 불가해한 기술보다
더 감쪽같은 이 도시의 변화에 사로잡힌 사람들이다.

그러나 나는 기억한다,

내 구두에 사과나무를 심던

늙은 수선공의 이마에서 촉촉하게 굴러 내리던

나뭇잎 위의 이슬 같던 그 맑은 땀방울을.

그는, 사라졌지만 사라지지 않는

가슴속의 성전을 수선했던 것이다.

기억의 꼬리를 잡고

돌담집과 뒷골목과 대밭을 순식간에 돌아 나오는 늙은

수선공을

천 개의 눈을 켜고 바라보던 사과나무,

지금도 걸음 걸을 때마다 내 구두에서는

왈칵, 왈칵 피는 사과꽃 소리 들린다.

- 「늙은 구두 수선공의 기술」부분

시집에서 가장 아름다운 시 중 하나가 「늙은 구두 수선공의 기술」이다. 그 아름다움은 감각 세계에서는 거짓처럼 보이는 사건에서 비롯한다. 늙은 수선공은 뒷굽 자리에 굽 대신 사과나무를 끼워놓았다. 다른 이들이 구두의 사과나무를 눈치챘다면 그는 생계의 방편을 들킨 마법사 같은 사람이겠지만 오직 수선공만 느낀다면 그는 같은 시간에 다른 세계를 사는 이일 것이다. 우리는 그를 뮤즈라고 말하고 그의 말을 받아 적는 이를 시인이라 부른다. 수선공은 고향을 기억하고 있으나 기억 속의 고향은 너무 많이 변해 버려 찾아갈 수 없는 곳이 되었다. 그는 사과꽃의 향기를 이 세계에 퍼뜨리려 한다. 역방향은 성립되지 않는다. 이 세계에서 보이는 마당의 기운을 모아 저 세계의 향기로 보내는 것이 아니라 저 세계의 향기를 모아 이 세계의 마당에 흩뜨리는 것이 그의 임무이다. 막연한 상상이 아니라 현실의 고양이 그의 목적인 것이다.

그 사과꽃 향기는, 처음부터 낯선 세계에 있었던 것이 아니었다. 다른 세계는 외계의 새로운 세계가 아니라 이미 체험했던 기억의 세계이다. 수선공은 그곳을 기억하고 심지어 퍼뜨리지만 보통 사람은 그곳을 망각한다. 시인은 수선공 덕에 그곳을 감각적으로 느끼며 이렇게 시로 표현했다. 그는 이 특별한 기술을 발휘하기 위한 몇 가지 조건을 내건다. 지상의 맑은 땀방울이 있어야 가슴속의 성전을 수선할 수 있으며, 돌담집과 뒷골목 등이 저장된 기억의 꼬리를 잡고 있어야 사과꽃을 피울 수 있다. 낯선 세계는 망각의 영역에 놓여 있는 유년의 기억이었으며, 맑은 마음은 노동의 가치에 대한 신뢰에서 비롯한 평등성의 인식이었다. 『육탁』에는 이처럼 노동의 삶에서 신성함을 찾고, 시적인 것을 공동체의 연대에서 찾으려는 시들이 여전히, 많이 나타난다. 이들의 매개는 삶의 고통과 인내이다. 배한봉은 세상이 주는 고통을 없앨 수는 없으나 옆의 사람을 신뢰하는 것으로 줄일 수 있다고 믿는 것 같다.

　새벽 어판장 어선에서 막 쏟아낸 고기들이 파닥파닥 바
닥을 치고 있다.
　육탁(肉鐸) 같다.
　더 이상 칠 것 없어도 결코 치고 싶지 않은 생의 바닥
　생애에서 제일 센 힘은 바닥을 칠 때 나온다.
　나도 한때 바닥을 친 뒤 바닥보다 더 깊고 어둔 바닥을
만난 적이 있다.
　육탁을 치는 힘으로 살지 못했다는 것을 바닥 치면서 알
았다.
　도다리 광어 우럭들도 바다가 다 제 세상이었던 때 있었
을 것이다.
　내가 무덤 속 같은 검은 비닐봉지의 입을 열자
　고기 눈 속으로 어판장 알전구 빛이 심해처럼 캄캄하게
스며들었다.
　아직도 바다 냄새 싱싱한,
　공포 앞에서도 아니 죽어서도 닫을 수 없는 작고 둥근 창
문
　늘 열려 있어서 눈물 고일 시간도 없었으리라.
　고이지 못한 그 시간들이 염분을 풀어 바닷물을 저토록
짜게 만들었으리라.
　누군가를 오래 기다린 사람의 집 창문도 저렇게 늘 열려

서 불빛을 흘릴 것이다.

　지하도에서 역 대합실에서 칠 바닥도 없이 하얗게 소금
에 절이는 악몽을 꾸다 잠 깬

　그의 작고 둥근 창문도 소금보다 눈부신 그 불빛 그리워
할 것이다.

　집에 도착하면 캄캄한 방문을 열고

　나보다 손에 들린 검은 비닐봉지부터 마중할 새끼들 같
은, 새끼들 눈빛 같은,

－「육탁」 전문

　육탁은 시인의 조어(造語)이다. 나무통을 두드려 불공을
드리는 목탁에 착안하여 육신을 바닥에 부딪는 행위를 육
탁이라 이름 지은 것이다. 목탁은 불공을 위해서 두드리
는 도구이다. 그런데 육탁은 무엇을 위해 제 몸을 부딪는
가. 목적은 시에 자세히 나와 있지 않다. 무엇을 위한 행위
인지 묻기보다는 행위 자체에 집중하고 있는 것이다. "생애
에서 제일 센 힘은 바닥을 칠 때 나온다"는 진술은 왜 그
런지 어느 정도 헤아리게 해준다. 가진 것이라곤 육체밖
에 없을 수밖에 없는 삶의 바닥에 물고기가 있다. 좋은 미
래를 위해 목표를 세우는 일이 더욱 비참해지는 상황, 현
실의 감내를 목표의 전부로 설정하는 것이 차라리 위안을
주는 상황이다. 그러므로 그는 목숨을 걸고 몸을 튕기는
행위에 온전히 집중할 수밖에 없게 된다. 그것이 생애에서

제일 센 힘이다.

어판장의 고기들을 보고 난 시인은 자신의 비닐봉지 속 생선의 눈을 통해 물고기가 누렸던 넓은 세계와 '고이지 못한 그 시간'을 헤아린다. 타인도 아니고 물고기의 생애를 헤아리는 것이 시적인 감응을 일으킨 까닭은 물고기를 통해 자신의 삶을 투영했기 때문이리라. 그에게는 오래 기다린 사람이 있었고, 소금에 절인 악몽이 있었고, 귀가 때맞이할 새끼들이 있다. 「육탁」의 힘은 새벽 어판장 목숨을 걸고 육체를 바닥에 튕기는 모습의 생생함에서 비롯했겠지만, 물고기를 담은 검은 봉지를 보며 캄캄한 어둠 속에 있다고 느낀 자신의 삶을 투영했기 때문에 완성되었다. 앞으로 어떤 독자들에게는 배한봉이 「육탁」의 시인으로 기억될 텐데, 그 까닭에는 이 동병상련의 구체성과 절박함이 있을 것이다.

　　염소가 말뚝에 묶여
　　뱅뱅 돌고 있다. 풀도 먹지 않고 뱅뱅 돌기만 하는 염소가

　　울고 있다.

　　우는 염소를 바람이 톡톡 쳐본다. 우는 염소를 햇볕이 톡톡 쳐본다. 새까맣게 우는 염소를 내가 톡톡 다독여본다.

염소 주인은 외양간 서까래에 목매달고 죽은 사람.

조문을 하고 국밥을 말아먹고 소피를 보고,
우는 염소 앞에서 나는 돌 한 개를 주워 말뚝에 던져본다.

말뚝은 놀라지도 않고 아파하지도 않고 꼼짝하지도 않으면서 염소 목줄을 후려 당긴다.

자기 생의 말뚝을, 하도 화가 나서 앞도 뒤도 없이 원심력도 같이 뜯어 먹어버린 염소 주인.

뿔로 공중을 들이박을 줄도 모르고
세상 쪽으로 힘껏, 터질 때까지 팽팽히, 목줄 당겨볼 줄도 모르던 주인처럼 뱅뱅 제자리 돌기만 하는 염소가
울고 있다. 환한 공중에 동글동글 새까만 울음을 누고 있다.

                                                    —「염소」 전문

주인이 스스로 세상을 등졌고 염소는 말뚝에 목줄이 매달린 채 발견되었다. 염소는 제목이 환기하듯 시에서 대상이 아니라 주체이다. 염소는 주인을 잃었다. 그의 삶을 관장했던 주인이 사라졌는데 여전히 염소의 목줄은 말뚝에 매달렸다. 주인은 제 생의 말뚝을 뽑아버려 생을 등졌고

염소는 말뚝과 거기에 매달린 목줄이 허락한 원 안이 생활의 영역이 되었다. 목줄은 염소나 주인뿐만 아니라 모든 이의 운명의 굴레를 뜻한다. 거기에는 물론 '나'도 포함되었다. 관찰의 대상이 아니라 공감의 대상이 되는 것도 운명의 굴레를 모두 벗어나지 못하기 때문일 것이다.

주목할 지점은 "환한 공중에 동글동글 새까만 울음을 누고 있다"는 시의 마지막 진술이다. 시인은 공감을 넘어 독자를 설득하려는 듯하다. '동글동글하고 새까만' 것을 "누고 있다"면 연상되는 것은 울음이 아니라 염소똥이다. 그런데 그것이 '울음'으로 표현되어 있다. 염소의 눈물을 똥으로 연상한 것인지 똥을 눈물이라 하는 것인지 불분명하다. 불분명한 것이 삶이라는 것인가. 운명의 굴레 안에서 흘리는 울음은 때가 되면 배설하는 본능과 같으므로, 비천함의 의미를 섞어 제자리에서 흩뜨려놓는 똥으로 가시화한다는 것일까. 그런데 그것이 왜 '환한 공중'에 놓여 있는 것일까. 여기에는 「늙은 구두 수선공의 기술」의 '사과나무'와 같이 다른 세계에 접속되지 않은 보통 사람들에게는 낯선 풍경으로 다가오는 요소가 있다. 또한 「아침」의 '반드시'와 같이 시의 맥락을 이탈하더라도 독자에게 강조하고 싶은 뜻이 담겨 있는 것 같다.

배한봉의 힘준 말은 이번 시집에서 특정한 의미를 향한다. 가령 한 청년이 새벽에 가는 버스를 '알바 버스'라고 하면서 동시에 '내일 향하는 희망 실은 청춘 버스'(「알바 버스』)라고 했을 때 여기에는 페이소스보다는 미래의 전망이 희미하게 섞여 있다고 보는 것이 적절해 보인다. 포장마차 국숫집 주인의 선심을 생각하면서 쳐다보는 '푸른 달'(『포장마차 국숫집 주인의 셈법』) 또한 마찬가지다. 푸근하고 넉넉한 인심과 동시에 바닥과 같은 삶에서의 희미한 전망이 감지된다. 새의 맨발 또한 '강철 보행'(『새는 언제나 맨발이다』)이라고 할 때 여기에는 인내의 뜻이 가득하다. 꽃 시절 없이 맺힌 무화과가 어깨에 엉겨 붙은 것을 보며, '내 가슴속의 무화과'(『비 맞는 무화과나무』)를 찾는 것도 마찬가지다. 다른 사람이 볼 수 없는 것이 제시되어 있는데, 그것들은 모두 희망의 의미를 지닌다. 그리고 그 희망의 저변에는 땀과 인내와 연대가 전제되어 있다.

    낡은 장롱을 바꾸려고 보니
    장롱 놓였던 자리 벽지에 곰팡이 얼룩 새겨져 있다.
    밤마다 옥상에 올라가 헤아렸던 별들
    역모 회동을 하다 들킨 것처럼 검푸르죽죽 뒤죽박죽 흩뿌려져 있다.
    저 얼룩은 곰팡이가 아니라 역모에 연루되어 죽은
    별들의 주검, 장롱은
    주검을 가려놓은 병풍.
    …(중략)…
    별의 주검들, 핏자국 눅눅한

벽지를 갈고 소독을 하고 잠시 앉아 있으면 비로소 나는
가슴이 저려진다.

나는 또 밤마다 옥상에 올라가 별을 헤아릴 것이고
장롱 뒤에는 또 꿈이라는 하늘에 반역의 칼을 겨눈
천상열차분야지도 한 폭 시퍼렇게 살아나 반짝일 것이다.
꿈을 사랑하면서도 정작 기진맥진 현실과 살아야 하는
마음의 한구석, 낡은 장롱이 있던 곳.
아린 마음의 한구석, 별의 주검이 있던 곳.

−「별의 주검」 부분

한 자리에 장롱이 오래 있었고, 그 집의 벽은 습했다.
장롱을 교체할 때 미처 파악하지 못한 벽지의 얼룩이 드
러났다. 곰팡이의 흔적은 시인에게 집안 사정에 무심했다
고 타박하는 것 같고, 그는 무심함보다는 무력감을 느끼
는 것 같다. 무심과 무력의 어긋남에서 펼친 그의 시적 대
응이 「별의 주검」이다. 시에서는 지상의 곰팡이와 천상의
별이 동일시되어 있다. 둘의 생김새가 닮았다. 이들이 동일
시된 속성을 헤아리면 그의 무력감이 구체화된 것이 곰팡
이자 별인 듯하다. 곰팡이가 승화되어 별이 된 것이 아니
라 별이 죽어 곰팡이가 된 것이다. 그렇다면 시의 메시지
는 꿈의 소실, 전망의 부재를 가리키는 것 아닌가. 무력감
을 재확인하는 것으로 시는 끝이 나는 것일까. 곰팡이를
발견하게 된 까닭도 은행 빚을 갚지도 못한 상태에서 장롱

을 교체하려다 발견한 것에 있지 않은가. 곰팡이의 이미지로 응축된 누추한 현실은 천상의 별까지 죽은 것으로 여기도록 이끈 것 같다.

시의 전체적인 분위기는 어둡다. 별은 죽었으며 곰팡이는 벽에 얼룩을 남겼다. 그러나 그에 대해 대처하는 시인의 모습이 없는 것이 아니다. 그는 여전히 "꿈을 사랑하"고 또한 여전히 "밤마다 옥상에 올라가 별을 헤아"리려 한다. 그것이 지상의 모멸을 견디게 하는 힘이다. 그렇다면 곰팡이와 별의 동일시를 이렇게 풀이할 수 있지 않을까. 별은 곰팡이를 경유하여 지상에서 꿈꿀 수 있는 대상이 되며, 곰팡이는 천상의 별을 상정할 수 있게 하는 매개 역할을 한다. 별이 죽었다는 말은 희망이 사라졌다기보다는 오랫동안 희망을 품었다는 말의 다른 표현이다. 곰팡이는 지상에서의 인내를 뜻하는 것인데, 그것을 별과 동일시한 것에 시인의 권능이 발휘된다. 별은 '사과꽃 향기'이며, 공중에 뿌리는 '검은 눈물'과 같은 맥락을 지닌다.

세상에는 불타올라도 타지 않는
서가(書架)가 있다. 타오르면서도 풀잎 하나
태우지 않는 화염도 있다.
나는 저 불꽃의 마음 읽으려고
그렁거리는 차를 몰고 7시간이나 달려왔다.
층 층 만 권의 책을 쌓아올린 채석강 단애

한때는 사나운 짐승처럼 시퍼런 칼날

튀어나오던 삶이었겠다.

…(중략)…

아 나는 기껏 몇 권의 습작노트를 불태우고

한 세계를 잃은 듯 운 적이 있단 말인가.

이제는 저렇게 불타올라도 용암처럼 들끓지 않는

그녀의 삶, 삶의 문장으로 채워진 만 권의 책.

오늘은 내가 가마우지새 되어

그녀의 서가에 한 권 책으로 꽂힌다.

미친 힘으로 벼랑 핥는 파도도

바다의 불꽃으로 피어나고

비루한 삶의 풍경에까지 층층 겹겹

한 살림 불의 문장을 새겨주는 채석강 노을.

─「그녀의 서가(書架)」 부분

"불타올라도 타지 않"고 "타오르면서도 풀잎 하나/태우지 않는 화염"을 보고 싶어서 그가 일곱 시간 걸려 채석강을 찾았다. 일견 모순된 말처럼 보인다. 하지만 지금까지의 맥락을 살펴보면 다음과 같이 풀이할 수 있을 것이다. 열정을 유지하되 그 열정으로 소모되지 않는, 끝내 견디는 형상을 보고 싶어서 그는 채석강을 찾았다. 채석강은 책이 쌓여 있는 형상으로 견디는 삶의 구체적인 의미를 더한다. 고통은 피하는 것이 아니라 기록하는 것이다. 삶의 문장"으로 채우되, 한 권을 만든 뒤 울기보다는 만 권을 만들 때까지 견디는 것, 그가 채석강에서 확인하고 싶은 삶의 자세가 이와 같다.

시에서 석양은 시인에게 불의 속성보다는 빛의 속성으로 인식된다. 활활 타올라 재가 되는 것이 아니라 삶의 양태 하나하나를 조명하는 것이 석양이다. 개별적인 하나의 층은 "비루한 삶의 풍경" 하나이고 누적된 만 개의 층은 기억의 다발이면서 동시에 연대이다. 불평등하고 비루해 보여도 그것들이 모이면 장관을 이룬다. 운명의 굴레를 벗어나기 힘들더라도 삶의 바닥에 제 몸을 치며 도약하려는 육신의 모습을 그는 기록한다. 이와 같은 과정을 통해 시집 『육탁』은 "그녀의 서가에 한 권 책으로 꽂"히고, 그리고 독자의 서가에도 꽂히게 될 것이다.

육탁의 세계

배한봉

시는 대체로 강한 것보다 약한 것을 옹호하고, 가진 자보다 가지지 못한 자를 돌아본다. 아흔아홉 마리의 양보다 잃어버린 한 마리 양이 더 소중하다고 했던 성경 이야기도, 중생이 아프면 나도 아프다고 했던 유마힐(維摩詰) 거사의 마음도 다 시의 숨결에서 태어나는 온기이다. 아픈 중생이나 잃어버린 한 마리 양은 모두 다 내세울 것 없이 바둥거리며 사는 못난 것들 사이에 있다. 결핍과 불화의 바닥 깊숙한 곳에서 몸에 멍이 들고 마음이 찢겨 더 오갈 데 없는 사람들이 마지막으로 기댈 곳은 바로 그 시의 마음이 가진 온기일 것이다.

벌써 오래전 일이다. 요즘은 대부분 없어졌지만 90년대까지만 해도 밤이 되면 도심 곳곳에서 포장마차가 성업을 이루었다. 국수나 우동을 말아주는 포장마차부터 김이 모

락모락 나는 어묵이나 홍합 국물에 소주잔을 기울이던 포
장마차까지 실로 다양한 포장마차가 밤거리 도심을 여유
와 낭만의 공간으로 만들어 주었다. 한 번은 친구들과 소
주를 몇 잔 나누고 헤어진 뒤 포장마차에 들러 국수를 한
그릇 말아먹고 있는데 낡은 옷을 입은 남자가 어린 소녀
의 손을 잡고 들어왔다. 주인이 내놓은 국수는 거의 두 그
릇쯤의 양이 될 정도로 넉넉했다. 그는 아이가 다 먹고 난
뒤에야 남은 국수를 먹고 일어서는 것이었다. 늙수그레한
주인이 보여준 그 행동이 바로 한 마리 양을 찾는 성경의
풍경이고, 그 마음 씀씀이가 바로 중생과 더불어 아파하
는 유마힐 거사의 얼굴일 것이다. 그러한 시의 마음, 그러
한 시의 온기가 우리 사는 세상에 도도할 때 사람들은 사
는 맛이 난다고 할 것이다. 그러한 시의 힘이 우리 뼛속에
스며들 때 번잡한 일상에 포위된 사람들의 심신은 치유가
될 것이다.

그러나 삶은 더러 그 한 그릇 국수조차 허락하지 않을
때가 있다. 지옥에 떨어졌다고 생각했는데, 그보다 더 깜
깜한 나락으로 여전히 추락하고 있는 자신을 본 적 있는
사람은 절망이라는 관념이 얼마나 사치인가를 알게 된다.
바닥을 쳤다는 것은 온몸이 부서졌다는 것이다. 아직 칠
바닥이 남아 있는 사람은 온몸이 부서지지 않았다는 의
미다. 아직 칠 바닥이 남아 있는 사람은 추락의 끝을 보
지 않은 사람이다. 온몸 부서지고, 더 칠 바닥조차 없어

154

서 그 바닥의 힘으로 살아야 할 때 나오는 것이 바로 세상에서 제일 센 힘이다. 그 힘으로 허방을 건너본 사람이 육탁의 맛을 본 사람이다. 시인은 그러한 사람의 마음에 아침의 힘찬 기운을 담아 주려고 밤새도록 끙끙대는 사람이다. 어둠을 밀며 흐르는 물이 가 닿는 눈부신 바다는 시가 가 닿고 싶어 하는 궁극이다.

육탁은 삶의 바닥까지 내동댕이쳐진 사람의 이야기이다. 온몸으로 삶의 바닥을 치는 일은 그저 실감 나는 시의 한 장면이 아니다. 시집 속에 담긴 삶의 벼랑 끝에 몰린 인물 하나하나는 현실 속에서 우리 곁에 살고 있는 이웃들이다. 어디선가 읽은 문장이 있다. "현실은 드라마보다 더 끔찍하다"는 것이다. 바닥의 힘으로 살아야 하는 한 사람 한 사람 인물의 현실은, 때로는 말뚝에 매여 제자리만 뱅뱅뱅 도는 염소처럼 살다가 자기 생의 말뚝을, 하도 화가 나서 앞도 뒤도 없이 원심력도 같이 뜯어 먹어버린 염소 주인과 크게 다를 바 없다. 그런데 어떤가? 오늘날 우리 사는 세상은 어떤가? 우리는 어떻게 살고 있는가? 그러므로 이 시집은 세상에 대한 질문이고 인간에 대한 질문이다. 이 질문의 항목이 궁금하다면 육탁의 세계에 들어와 한 사람 한 사람 인물의 현실을 살펴보시기를 바란다.

'육탁'이라는 말은 사전에 나오지 않는 단어다. 온몸으로 바닥을 친다는 뜻을 담아 필자가 만든 조어(造語)이다. 이 한 단어를 찾는데 여러 해가 걸렸다. 꺼져가는 촛불처

럼 아슬아슬한 에너지만 남은 바닥에서 그 바닥의 힘으로
사는 자들의 몸부림이 스며 있는 단어이다. 바닥의 힘으
로 살고 있는 사람들은 이름만 바뀐 당신과 나의 얼굴이
다. 이들을 통해 인간은 얼마만큼 깊은 바닥까지 가 닿을
수 있으며 그것을 딛고 일어날 수 있는 힘을 지닌 존재인
가를 알 수 있을 것이다. 시집 『육탁』은 살아냄의 몫을 다
하기 위해 언제나 최선을 다하는 사람들의 뜨거운 목소리
이다. 그들에게 바치는 따뜻하고 넉넉한 한 그릇의 국수이
기도 하다.

시는 시인의 지문과 같다. 시의 마음이 가진 온기는 당
신의 손길이 닿았을 때 비로소 세상의 심장에 들어가 햇
살처럼 퍼지기 시작한다. 당신과 함께 이 한 그릇의 국수
를 나누려 한다. 당신도 누군가와 함께 기꺼이 이 한 그릇
의 국수를 나눌 것이라 믿는다. 시의 마음은 무엇이든 가
능하게 할 것이므로.

시인수첩 시인선 054

육탁

ⓒ 배한봉, 2022

초판 1쇄 인쇄 2022년 1월 3일
초판 1쇄 발행 2022년 1월 10일

지은이 | 배한봉
발행인 | 이인철

펴낸곳 | (주)여우난골
주 소 | 서울특별시 강남구 언주로30길 27. 606호 (도곡동 우성리빙텔)
전 화 | 02-572-9898
팩 스 | 0504-981-9898
등 록 | 2020년 11월 19일 제2020-000328호

블로그 | blog.naver.com/seenote
이메일 | seenote@naver.com

ISBN 979-11-976430-2-6 03810

* 파본은 구매처에서 바꾸어 드립니다.